HAITI

LA LÉGENDE

DES

Événements du 19 au 20 Août 1889

EXPLIQUÉE

PAR

M. MOMPLAISIR
Ancien Député au Corps législatif,
Ancien Ministre de l'Intérieur.

« C'est une chose bien remarquable, disait Napoléon, qu'après dix-huit siècles Jésus-Christ soit encore aimé ! »
(*Dict. des Anecd.*)

PARIS
TYPOGRAPHIE A. DAVY
52, rue Madame

1890

LA LÉGENDE

DES ÉVÉNEMENTS DU 19 AU 20 AOUT 1889

EXPLIQUÉE

HAITI

LA LÉGENDE

DES

Événements du 19 au 20 Août 1889

EXPLIQUÉE

PAR

M. MOMPLAISIR
Ancien Député au Corps législatif,
Ancien Ministre de l'Intérieur.

« C'est une chose bien remarquable,
« disait Napoléon, qu'après dix-huit
« siècles Jésus-Christ soit encore aimé! »
(*Dict. des Anecd.*)

PARIS
TYPOGRAPHIE A. DAVY
52, rue Madame

1890

LA LÉGENDE

DES ÉVÉNEMENTS DU 19 AU 20 AOUT 1889

EXPLIQUÉE

> « La nature qui a si sagement pourvu à la vie de l'homme par les dispositions admirables des organes du corps, lui a sans doute donné l'orgueil pour lui épargner la douleur de connaître ses imperfections et ses misères. »
>
> « LA ROCHEFOUCAULD. »

La parole est d'argent et le silence est d'or, disent les sages.

Par l'expérience que j'ai acquise de la vie humaine, à cette époque où la passion et l'injustice dominent la raison, j'ai réfléchi à deux fois avant de me déterminer à parler des faits qui se sont accomplis du 19 au 20 août 1889 ; mais l'interprétation infâme et calomnieuse qui leur a été si injustement appliquée, les efforts sans nombre que je fis pour empêcher un débordement, l'indignation et le regret que j'ai éprouvés au moment où les événements m'obligèrent à faire œuvre de prévoyance, en évitant une catastrophe qui n'aurait été que la suite d'un état de choses issu d'une politique inaugurée avant mon avènement au ministère.

Tout cela me force à rompre le silence et à soumettre au public les pièces du procès.

Bien avant la date des dernières résolutions, personne n'ignore que la confiance chancelait et que la situation était critique. Quant à moi, je n'étais partisan d'aucune condition qui pouvait souiller, ou humilier le gouvernement de l'honorable général Légitime ; mais l'inconstance, l'abandon, l'infidélité et le sort changèrent les prévisions les plus honorables et tout, progressivement, fit place à un nouvel ordre de choses.

Dans cette délicate conjoncture, tous mes efforts pour résister à ces fluctuations auraient eu pour résultat de faire incriminer davantage mon patriotisme, et Dieu seul sait si, avec la crédulité du public, les habiles n'auraient cherché à me faire jouer le rôle d'un usurpateur.

L'infamie d'une mauvaise action ne peut

et ne saurait m'atteindre, mon attitude dès l'origine de la lutte, ma carrière publique et ma vie privée, le nom si longtemps respecté que je porte, mon honneur et ma dignité, tout proteste et me met à l'abri d'insinuations outrageantes et perfides.

Au courant de la situation de la république d'Haïti, travaillant à raffermir chaque jour le courage d'une armée à laquelle on avait déjà fait entendre la nouvelle du départ du premier magistrat de l'Etat, je reçus le 8 août, de son Excellence le général Légitime, la dépêche suivante :

Mon cher Momplaisir,

« Demain je serai à Pétion-Ville pour vous « aider à remonter le courage de nos soldats.

« Je vous ai résumé, dans ma lettre confi- « dentielle, la réponse faite par les Nordistes « à ces Messieurs. A leur réponse, nous oppo- « sons la proposition suivante :

« Le gouvernement se retire et les choses « restent en l'état jusqu'au gouvernement « définitif.

« En attendant, l'administration de la ville « sera laissée à une commission de cinq « membres; c'est tout ce que nous pouvons « accorder.

« La population n'acceptera pas qu'on la « désarme pour l'humilier ensuite.

« Qu'est-ce qui répond des conflits entre « elle et les Nordistes.

« On attend votre déclaration jusqu'à « demain vendredi soir.

. . . .
. . . .

Bien affectueusement,

Signé : F. D. Légitime.

Monsieur M. Momplaisir, secrétaire d'Etat de l'intérieur.

Pétion-Ville 8 *août* 1889.

A Son Excellence le général F. D. Légitime, président d'Haïti.

Port-au-Prince.

Président,

Votre dépêche du 8 août est en ma possession, je l'ai lue et relue. J'attends avec plaisir l'arrivée de votre Excellence à Pétion-Ville, avec la ferme espérance que sa présence raffermira nos forces.

J'ai vu ce que votre Excellence me dit à propos de la réponse à faire aux Nordistes.

J'estime qu'avant de laisser le pouvoir, si nous ne devons résister jusqu'à la mort, nous devons assurer une situation honorable à la population de Port-au-Prince et faire enfin de telle sorte que nos noms ne soient pas livrés à la risée publique et que nous ne soyions pas flétris dans notre honneur.

Je conclus donc dans le sens qu'indique ma lettre spéciale et qui est d'ailleurs le vôtre aussi et prie votre Excellence d'agréer l'hommage de mon entier dévouement.

Signé : M. MOMPLAISIR.

Tout le monde sait quel a été le résultat de ces démarches.

Les épreuves de la vie publique sont bien grandes, lorsqu'elles arrivent dans le cours d'une telle conflagration. Tandis que je luttais pour maintenir l'équilibre de l'armée, des nouvelles sorties de Port-au-Prince, annonçaient que l'ennemi, du côté du portail de Leogane, était aux portes de la ville et que l'effarement était à son comble. Ce bruit répandu avec habileté avait fait naître une telle démoralisation et un tel affaissement que j'aurais pu perdre mon sang-froid et abandonner mes positions.

Remplissant toujours mon devoir avec énergie, n'ayant jamais voulu que ma conduite fût injustement calomniée, je fis part de cette situation au Président de la République afin qu'il prît ses précautions pour éviter un désarroi prochain et complet. D'ailleurs, je dois ici rendre un légitime hommage au concours éclairé de quelques patriotes d'élite qui m'ont rendu la tâche plus légère et qui peuvent attester du dévouement déployé en ces pénibles circonstances.

Je ne cite pas leurs noms, mais en leur âme et conscience, ils savent qu'il était impossible de faire mieux.

Et son Excellence elle-même, dans sa proclamation du 14 août, ne vient-elle pas nous donner raison comme on peut en juger par l'extrait suivant?

« Concitoyens, ne vous laissez pas abattre « par suite d'un revers de fortune, le succès « est encore possible avec le courage dont « vous avez fait preuve en ces pénibles mo- « ments.

« Cependant le peuple, malgré sa foi, dans « la cause que nous défendons, le peuple a « besoin de respirer et de se recueillir pour « se relever de ses ruines. Il lui faut pour cela « une paix honorable et non point le joug de « l'humiliation.

Dieu m'est témoin que malgré les nombreuses difficultés que j'ai rencontrées, malgré la fatalité qui semblait s'ingénier à porter des coups successifs au gouvernement, j'aurais continué à me maintenir à Pétion-Ville ; mais je ne pouvais pas refuser de contribuer à donner le repos à mon pays. J'ai donc avisé aux moyens de faire cesser une lutte désormais sans efficacité pour le gouvernement; d'autant plus que la République répondant à la Révolution et l'esprit public réclamant la paix, je jouerais un rôle funeste, si je persistais à forcer une armée démoralisée à se maintenir et faciliter par là, *la rentrée de vive force* de l'armée du Nord à Port-au-Prince.

Pourrais-je provoquer et supporter les angoisses et les lamentations des familles?

Pour faire cesser l'effusion de sang des deux côtés et éviter bien des complications, je n'ai eu recours à aucune action infâme ; *je me permets de le dire hautement* : je me suis fait l'interprète des sentiments de l'armée qui, comme dit Lamartine, voulait se coucher dans sa gloire.

Je soumets à l'appréciation du public impartial les pièces suivantes qui doivent être lues avec toute l'attention qu'elles méritent :

Correspondance
militaire spéciale
N° 1663.

LIBERTÉ. — ÉGALITÉ. — FRATERNITÉ.

RÉPUBLIQUE D'HAITI.

Port-au-Prince, le 16 *août* 1889,
au 86e de l'Indépendance.

F. D. LÉGITIME.
Président d'Haïti.

Au général M. Momplaisir, secrétaire d'État de l'Intérieur, etc. etc.

A Pétion-Ville,

Monsieur le Secrétaire d'État,

. . . .
. . . .

« Je suis au four et au moulin. Je pensais « vous avoir écrit au sujet de Jérémie.

« Avant-hier, jour de l'arrivée des bateaux, « j'étais sur mer.

« Quand ces navires ont paru dans les eaux « de Jérémie, la ville, faute de communication « avec Port-au-Prince, avait donné son adhé- « sion à la Révolution et déjà les navires re- « belles y avaient débarqué une cinquantaine « d'hommes.

« Une réaction s'est faite immédiatement « en faveur du gouvernement.

« C'est pendant cette action que le général « Buteau a été malheureusement blessé. Tou- « tefois la ville et les environs rentrèrent « sous le drapeau du gouvernement.

« Le « Toussaint Louverture » ne pouvant « rester plus longtemps sous pression a été « obligé de quitter Jérémie suivi des autres « bateaux.

« Leur départ a donné de l'inquiétude à « nos amis.

. . . .

« Relativement à la commission dont vous « me parlez, je vous envoie une copie de la « résolution qu'elle a prise ce matin à sa pre- « mière réunion. Vous verrez qu'il s'agit « d'une commission appelée à éclairer le « gouvernement et à l'aider de ses conseils. « Si j'avais à prendre une décision aussi « grave que celle dont il est question dans « votre dépêche, vous auriez été prévenu.

. . . .

« Sous ce couvert je vous envoie l'adresse « du général Buteau à la population de Jé- « rémie. Veuillez me la retourner immédia- « tement.

« Je vous salue, Monsieur le Secrétaire « d'État, avec une très haute considération.

Signé : F. D. LÉGITIME.

Section de la Correspondance militaire. N° 546.

LIBERTÉ. — ÉGALITÉ. — FRATERNITÉ.

RÉPUBLIQUE D'HAITI.

Pétion-Ville, 16 *août* 1889, an 86e de l'Indépendance.

Le secrétaire d'État de l'Intérieur, chargé par intérim du département de la guerre, etc.

A Son Excellence, le Président d'Haïti.

Port-au-Prince,

Président,

Je reçois à l'instant votre dépêche datée du 16 août courant, n° 1663, par laquelle Votre Excellence, m'envoie, en communication, l'adresse du général Buteau fils, à la population de Jérémie et la copie certifiée d'une résolution élaborée par une commission composée de vingt-cinq membres.

La première pièce achève l'idée que tout le sud est debout contre votre gouvernement : ce qui revient à dire que nos moyens d'action sont épuisés. La seconde a un caractère tout spécial qui semblerait nous dégager des responsabilités d'une situation pour la réparation de laquelle nous avons fait tous les sacrifices commandés par l'honneur et le patriotisme le plus pur.

Il ne sera pas dit, Président, que nous avons agi en dehors des formes protectrices du droit et de la légalité. En accomplissant notre mission avec le sentiment du devoir bien rempli, nous n'avons plus rien à redouter du jugement impartial de l'histoire.

J'attends avec anxiété de votre Excellence les nouvelles communications qu'Elle pourra bien me faire sur ce qu'auront commandé les circonstances dont parlent si sagement les honorables citoyens qui composent la commission instituée en vertu de votre dépêche circulaire en date du 15 août courant.

Selon votre désir, je vous retourne, Président, l'adresse à la population de Jérémie, que vous m'avez fait l'honneur de me communiquer.

Agréez, je vous prie, Président, les nouvelles assurances de mon entier dévouement.

Signé : M. Momplaisir.

Section de la Correspondance
militaire. N° 570.

LIBERTÉ. — ÉGALITÉ. — FRATERNITÉ.

RÉPUBLIQUE D'HAITI.

Pétion-Ville, 19 *août* 1889.
au 86me de l'Indépendance.

Le secrétaire d'Etat de l'Intérieur chargé par intérim du département, de la guerre, etc.

A Son Excellence le Président d'Haïti.
Port-au-Prince.

Président,

Je m'empresse d'informer Votre Excellence, que l'ennemi s'est emparé de nos postes de la ligne de Lamothe et Desplumes, tout près du fort « Repoussé », et intercepte nos communications avec le fort « Jacques » et la plaine. En ce moment, il y a une suspension de feu, et j'ai pu par là savoir que notre poste de Lamothe a fui en abandonnant tout à l'ennemi et s'est dispersé sans résistance réelle et pour comble de malheurs, il n'est jusqu'à nos troupes du fort « Jacques » qui n'aient été repoussées.

Cette situation, Président, paraît devenir de plus en plus grave, car l'ennemi au moment où je vous écris vient de s'emparer sans coup férir de la tête de l'eau; force me fut de dégarnir mon camp pour essayer de l'arrêter dans sa marche; la nécessité de nouvelles forces s'impose devant cette désertion que je vous ai déjà signalée, des forces que nous avons.

A vrai dire, Dieu seul sait, Président, ce qui peut advenir de la situation de Pétion-Ville et de toutes ces déceptions. D'heure en heure, on m'apporte des blessés. Je crois utile de vous prier de me faire envoyer, dès la réception de la présente, des cabrouets pour les faire descendre en ville.

Je prie Votre Excellence, de ne pas oublier de me faire envoyer de nouvelles forces pour remplacer les hommes que j'ai dû expédier en différentes directions et qui ne sont pas encore revenus ; de moment en moment j'attends une attaque générale de mon camp.

J'annonce aussi à Votre Excellence, qu'il existe un conflit entre les généraux Sanon et Eliacin Hippolyte; le premier est rentré dans mon camp, laissant ses forces au Trou-Coucou. Je prie Votre Excellence de m'indiquer dans l'occurence la voie à suivre pour réparer ce fait si regrettable à l'heure présente.

Votre Excellence, j'aime bien à le penser, verra et constatera même au besoin, que je ne recule devant rien, pour tenir à ma parole d'honneur; mais, sans être présent sur les lieux, on peut comprendre qu'une telle situation menace de devenir intolérable, si elle ne l'est pas déjà. Je crois de mon devoir, Président, sous peine de passer pour un traître, de vous soumettre cette situation telle qu'elle. J'ai promis de rester à mon poste à la tête de l'armée de votre gouvernement et j'y suis encore.

Je ne sais si les déplorables circonstances où je me trouve doivent entraîner une catastrophe; mais, dans tous les cas, Président, j'aurai la conscience d'avoir épuisé tous les moyens possibles pour y parer.

Dans cette occurence, j'ai l'honneur de présenter à Votre Excellence l'hommage de mon entier dévouement.

Signé : M. MOMPLAISIR.

Correspondance
militaire spéciale
N° 1187.

LIBERTÉ. — ÉGALITÉ. — FRATERNITÉ.

RÉPUBLIQUE D'HAITI.

Port-au-Prince, le 19 *août* 1889.
an 86me de l'Indépendance.

F. D. LÉGITIME.
Président d'Haïti.

Au général M. Momplaisir, secrétaire d'Etat de l'Intérieur, etc.

A Pétion-Ville.

Monsieur le secrétaire d'Etat,

« Je vous envoie un détachement de soixante « hommes, sous le commandement du colonel « Vilsaint Pierre.

« Je vous salue, Monsieur le secrétaire « d'Etat, avec une haute considération.

Signé : F. LÉGITIME.

Ces pièces prouvent, une nouvelle fois, comme on le voit, que, dans mes relations avec le président Légitime, tout chez moi était dicté par le patriotisme et le désir de voir terminer une lutte devenue infructueuse; au reste les chefs de fortifications et des remparts, l'armée enfin, tous nous avions dit notre mot; d'ailleurs, je tiens nombre de pièces parmi lesquelles se trouve une qu'a déjà lue une notable portion des gens de Port-au-Prince; elles seront toutes publiées en temps opportun. Je me dois à moi-même de détruire ici la légende qui semble s'être accréditée dans le public.

Sans savoir les particularités existant entre le gouvernement et moi, on a pensé qu'avant de quiter Pétion-Ville, je n'avais pas pris les précautions que me commandait mon honneur militaire.

Toutes nos pièces de canon ont été enclouées, leurs affûts pour la plupart brûlés, nos butins de guerre remis au Palais National de Port-au-Prince, nos blessés enlevés et conduits à l'hôpital militaire de la capitale, mes instructions, au général de la Place, avisant aux moyens de prévenir les délégués du fort « Jacques » des dispositions qui venaient d'être prises; le gouvernement en a été averti.

Maintenant l'opinion publique peut juger : je n'ai voulu en rien attaquer la conduite de qui que ce soit, mais, il me semble qu'il m'est permis de sauvegarder mon honneur et ma dignité, et de déclarer que les flèches des Parthes lancées n'ont atteint personne et que chacun doit garder sa part de responsabilité.

Quant aux inventions dérisoires et ridicules que certaines personnes se plaisent à répandre, je n'en ai guère souci, et je compte donner encore à mon pays tout le dévouement et toute l'intelligence dont je crois avoir déjà donné des preuves. Je n'en veux à personne, je suis entièrement disposé à pardonner à tous ceux qui ont cherché à faire la nuit autour de moi et qui, dans leur œuvre ténébreuse et criminelle, croyaient qu'il suffisait de faire parler l'intrigue et la calomnie pour se préparer un lendemain et pour anéantir un loyal Haïtien et un homme de bien.

Paris, Janvier 1890.

Paris. — Imp. A. PARENT, A. DAVY, succ., imp. de la Faculté de médecine, 52, rue Madame et rue Corneille, 3

Paris. — Typ. A. DAVY, 52, rue Madame.

www.ingramcontent.com/pod-product-compliance
Ingram Content Group UK Ltd.
Pitfield, Milton Keynes, MK11 3LW, UK
UKHW020223200726
13856UKWH00004B/1579